Alexsandro dos Santos Machado

Ilustrações
Silvana Fogaccia

O menino e a estrela

Obra inspirada no olhar de
Luís Felipe Rêgo Barros Machado

Copyright do texto © 2021 Alexsandro dos Santos Machado

Dados Internacionais de Catalogação na Publicação (CIP) de acordo com ISBD

M149m   Machado, Alexsandro dos Santos

       O menino e a estrela / Alexsandro dos Santos Machado ; ilustrado por Silvana Fogaccia. - São Paulo, SP : Saíra Editorial, 2021.
       24 p. : il. ; 18cm x 18cm.

       ISBN: 978-65-86236-15-6

       1. Literatura infantil. I. Fogaccia, Silvana. II. Título.

                                                                            CDD 028.5
2021-560   CDU 82-93

                Elaborado por Vagner Rodolfo da Silva - CRB-8/9410
                           Índice para catálogo sistemático:
                        1. Literatura infantil 028.5
                        2. Literatura infantil 82-93

Todos os direitos reservados à

Saíra Editorial
Rua Doutor Samuel Porto, 396
Vila da Saúde – 04054-010 – São Paulo, SP
Tel.: (11) 5594-0601 | (11) 9 5967 2453
www.sairaeditorial.com.br | *editorial@sairaeditorial.com.br*

Para Luís Felipe, que me fez redescobrir o mundo por meio de seus dedinhos apontados para o fantástico cotidiano, encoberto por camadas de afazeres e correrias sem fim.

Alexsandro dos Santos Machado

Para a minha avó, Maria Rosa, que me introduziu no mundo das artes e ilustrou para mim as histórias da bruxinha Chora-Chora e do lobinho Zequinha.

Silvana Fogaccia

ERA UMA VEZ UM MENINO QUE AMAVA VER.

VIA DE UM JEITO TÃO AMOROSO, QUE MESMO O JÁ VISTO ERA SEMPRE NOVO.

CERTO DIA,
UMA ESTRELA,
QUE LÁ DO CÉU VIA
DESINTERESSADA O
DESINTERESSE DOS
HOMENS PELA LUZ,

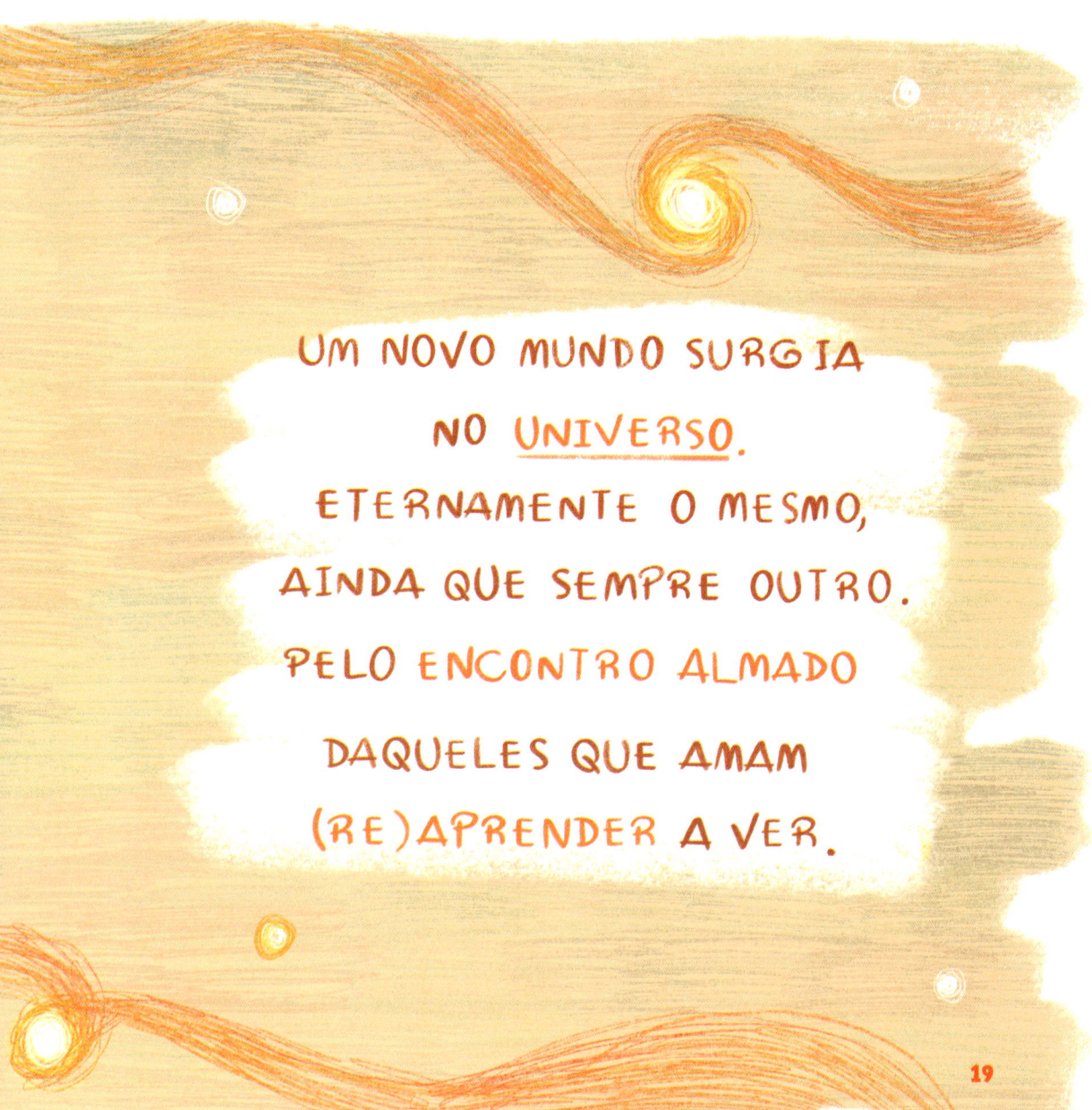

Sobre o autor

Alexsandro dos Santos Machado é gaúcho de Porto Alegre, mas, aproveitando-se da maravilhosa invenção da garrafa térmica, pôde sair pelo mundo com pouca mala e sua cuia de chimarrão. Como ama aprender, virou professor. Como é muito curioso, transformou-se em investigador. Como gosta de escutar histórias de vidas, tornou-se psicólogo. Como também adora contar histórias, é escritor. Ele é pai de Luís Guilherme, Helena, Mariana e Luís Felipe — até o momento. Eles o têm ajudado muito a aprimorar seu olhar cuidadoso e amoroso sobre os diversos mundos, dentro disto que, costumeiramente, chamamos de "o mundo". Alexsandro procura aprender, ensinar, investigar e escrever.

Sobre a ilustradora

Silvana Fogaccia nasceu no dia 6 de outubro de 2002, em São Paulo, capital. Pouco depois de completar um ano, ganhou seu primeiro kit de lápis de cor de sua irmãzinha recém-nascida, Gabriela. Desde então, é apaixonada pelas artes. Passava as tardes depois da escola na casa de sua avó, que a ensinou a desenhar, a pintar, a esculpir… enfim, a criar. Em 2020, decidiu largar a faculdade de Matemática para cursar artes e descobriu seu amor pela ilustração.

Direção e curadoria	Fábia Alvim
Gestão comercial	Rochelle Mateika
Gestão editorial	Felipe Augusto Neves Silva
Diagramação	Matheus de Sá
Revisão	Irene Reis dos Santos
Coedição	CORE: Comunidade Reinventando a Educação
Inspiração gráfica	Mariana do Rêgo Barros Machado
Consultoria pedagógica	Rafael Arenhaldt
Primeira leitura e inspiração literária	Laura Ely Arenhaldt Maitê Ely Arenhaldt
Tipografia	A maior parte das letras foi manuscrita pela ilustradora, mas a obra também foi composta em Effra e em HVD Comic Serif Pro
Papel	Offset 150 g/m²
Impressão	Melting indústria Gráfica, em março de 2021